Alphonse De Lamartine

Héloïse et Abélard

Anatiposi

Alphonse De Lamartine

Héloïse et Abélard

Réimpression inchangée de l'édition originale de 1859.

1ère édition 2023 | ISBN: 978-3-38272-848-9

Anatiposi Verlag est une marque de Outlook Verlagsgesellschaft mbH.

Verlag (Éditeur): Outlook Verlag GmbH, Zeilweg 44, 60439 Frankfurt, Deutschland
Vertretungsberechtigt (Représentant autorisé): E. Roepke, Zeilweg 44, 60439 Frankfurt, Deutschland
Druck (Imprimerie): Books on Demand GmbH, In de Tarpen 42, 22848 Norderstedt, Deutschland

HÉLOÏSE

ET ABÉLARD

par

A. DE LAMARTINE *!!!*

PARIS

LIBRAIRIE DE L HACHETTE ET Cⁱᵉ

RUE PIERRE-SARRAZIN, Nᵒ 14

1859

Droit de traduction réservé

Dieu j'étais puni! par quelles *justes* représailles l'homme que j'avais trahi venait de me trahir à son tour! Il me semblait entendre les joies malignes de mes ennemis, les applaudissements que mes rivaux donnaient à cette justice distributive. Je compris que je ne pourrais plus paraître en public sans être montré du doigt et sans devenir l'objet d'une ignominieuse pitié! Enfin le sentiment de ma dé-gradation me couvrit de tant de confusion que, je l'avoue, ce fut plutôt la honte que la piété qui me jeta dans les solitudes du cloître. Je voulus ce-pendant, avant de me ravir au monde, lui enlever irrévocablement Héloïse; par mon ordre, elle pro-nonça ses vœux éternels. Ainsi, tous les deux, le même jour, nous embrassâmes en même temps la vie des cénobites; elle à Argenteuil, moi dans l'ab-baye de Saint-Denis. Touchées de sa jeunesse et de sa beauté, les compagnes d'Héloïse voulurent en vain la détourner du sacrifice qu'elle allait con-sommer. Elle leur répondit en pleurant, non sur elle, mais sur son époux, par ces vers que le poëte romain met dans la bouche de Cornélie, veuve du grand Pompée:

« O mon illustre époux! ô toi dont je n'étais pas
« digne de partager la couche! c'est ma fatale desti-
« née qui pèse sur la tienne! Pourquoi, misérable
« que je suis, ai-je formé des nœuds qui devaient
« entraîner ta ruine? Tiens, reçois, dans l'holo-

L'Église s'offensa de ses hardiesses, comme les moines s'étaient offensés de ses objurgations. On ne sait quel écrit subtil et quintessencié sur l'*unité* et la *trinité*, dans lequel il expliquait ce mystère sans avoir besoin d'appeler la foi en aide à l'insuffisance des raisonnements humains, servit de prétexte à ses ennemis ligués contre cet importun novateur. Un concile le cita devant lui à Soissons, pour rendre compte de ses doctrines. Il y fut condamné solennellement. On le relégua, pour expier son erreur, dans le monastère cloîtré de Saint-Médard! Il y entra le désespoir dans le cœur. « La trahison de Fulbert, s'ecrie-t-il, me paraît moins intolérable que ma nouvelle injure ! » Le légat du pape, plus impartial et plus tolérant, lui remit promptement sa peine.

Rentré dans l'abbaye de Saint-Denis, il y retrouva, dans les moines, ses ennemis implacables. Ils ne tardèrent pas à le faire déclarer *ennemi de l'État*, criminel de *lèse-nation*, pour avoir dit que saint Denis, évêque d'Athènes, converti par saint Paul, n'était pas le même que saint Denis des Gaules, premier évêque de Paris. Obligé de s'exiler lui-même, malgré la complaisance d'une rétrac-, tation qu'il avait faite pour désarmer la haine des moines de Saint-Denis, il s'enfuit avec un seul adolescent, son disciple, dans un désert de la Champagne. « Là, dit-il, au bord d'une petite ris'est exalté jusqu'à la démence et au suicide. C'est par votre ordre, en revêtant ces habits, que j'ai changé à votre gré de cœur, pour vous faire voir que vous en étiez le possesseur absolu !

« Jamais, Dieu m'en est témoin, je n'ai voulu de vous autre chose que vous ! Bien que le nom de votre épouse fût le plus fort et le plus saint des titres, tout autre eût suffi à mon cœur; car, plus je me serais humiliée pour vous, plus j'aurais ainsi mérité de vous un retour plus tendre, et moins j'aurais enchaîné votre génie et nui à votre gloire !...

« Je prends Dieu en témoignage que, si le maître du monde entier m'eût jugée digne de sa main, et m'eût offert avec son nom l'empire de tout l'univers, le nom de votre esclave m'eût semblé plus glorieux que celui d'impératrice !... Quels rois pourraient se comparer à vous? Quels pays, quelle cité, quel village n'était impatient de vous contempler? Quelle femme, quelle vierge n'a pas désiré que vos regards tombassent sur elle?... Quelle reine n'a pas envié mon bonheur ?...

« N'aviez-vous pas deux dons qui fascinaient irrésistiblement les cœurs de toutes les femmes? L'éloquence et le chant. C'est par ces dons qu'en vous délassant de vos études de philosophie vous composiez des chansons d'amour, qui, partout répétées à cause du charme de la poésie et de la musique, faisaient redire votre nom et le mien à toutes les

HÉLOÏSE ET ABÉLARD

I

On n'écrit pas cette histoire, on la chante. On ne craint pas de la chanter dans un livre historique destiné à reproduire les plus grandes choses de la pensée et du cœur qui ont influé sur le sort des nations : car l'amour est aussi une des grandeurs de notre nature ; et quand ce sentiment est porté jusqu'à l'héroïsme de la femme, le dévouement, quand il est allumé par la beauté, excusé par la faiblesse, expié par le malheur, transformé par le repentir, sanctifié par la religion, popularisé dans toute une époque par le génie, éternisé par la constance sur la terre et par ses aspirations à l'immortalité dans le ciel, cet amour se confond presque avec la vertu : il fait de deux amants deux héros et deux saints dont les aventures deviennent l'entretien et dont les larmes deviennent les larmes d'un siècle.

Telle est l'histoire ou le poëme d'Héloïse et d'Abélard. Aucune histoire, aucun poëme n'ont touché plus profondément le cœur des hommes depuis huit siècles. Ce qui émeut si profondément et si long-temps les hommes fait partie de leur histoire; car l'humanité n'est pas seulement esprit, elle est sentiment : ce qui l'attendrit l'améliore. L'admiration et la pitié amollissent son cœur; et le cœur, dans l'humanité comme dans l'homme, est l'organe le plus sûr et le plus fort de la vertu.

Ces deux histoires n'en font qu'une. Elles sont tellement entrelacées comme les deux âmes et les deux existences des deux époux, que la vie de l'un est le contre-coup perpétuel de la vie de l'autre, et que le même événement ou le même sentiment, répercuté dans un double écho, n'y produit qu'un seul et même intérêt.

Racontons.

II

Pierre Abélard était fils d'un chevalier breton, nommé Béranger; sa famille seigneuriale possédait, dans les environs de Nantes, le château et le village de Palais. Béranger exerçait, comme tous les seigneurs du temps, le métier noble de la guerre. Son fils Abélard fut élevé par lui pour les armes. Mais la piété de sa race, attestée par l'habit religieux que prirent dans leur âge avancé Béranger, sa femme et ses filles, associa à l'éducation militaire du jeune Abélard l'étude des lettres, de la philosophie et de la théologie. La grande et unique profession intellectuelle et libérale de cette époque, l'Église, attirait à elle tous les jeunes hommes dans lesquels se signalaient de bonne heure la poésie, l'éloquence, l'amour de la gloire, les ambitions de l'esprit. Abélard était le plus heureusement doué des hommes de son siècle : il dédaigna le métier peu intellectuel de l'homme d'armes; il abandonna à ses frères le droit d'aînesse sur les domaines et sur les vassaux de sa maison. Il quitta la demeure paternelle, il alla, d'école en école et de maître en maître, recueillir, à l'exemple des disciples des philosophes de l'antiquité, ces trésors enfouis des littératures grecque et latine, que la Gaule et l'Italie commençaient à exhumer des manuscrits, à remettre en lumière, et à adorer comme les mystères profanes de l'esprit humain. Son cœur passionné et son imagination impressionnable ne se contentèrent pas de ces langues mortes : il écrivait, il parlait en grec et en latin, mais il chanta en français.

Les poésies dont il composait lui-même la musique, afin que la passion dont elles étaient animées se communiquât par deux sens à la fois à l'âme, devinrent le manuel des poëtes; elles se répandirent avec la rapidité d'un écho qui se multiplie par tous les cœurs; elles furent l'entretien des lettrés, les délices des femmes, la langue secrète des amants, l'interprète des sentiments inavoués, le chant populaire des villes, des châteaux, des chaumières; elles portèrent le nom du jeune musicien et du poëte familier dans toutes les provinces de la France. Il eut sa gloire confidentielle dans le secret de l'âme de tout ce qui aimait, rêvait, soupirait ou chantait au printemps de sa vie. Une voix mélodieuse, qui ajoutait la vie et la palpitation aux paroles et à la musique, une adolescence précoce en renommée; une beauté grecque du visage, une taille élevée et souple, une démarche noble, une modestie où la pudeur de l'âge rougissait de la maturité du talent, ajoutaient en lui l'attrait à la gloire. Il était le rêve des yeux, de l'oreille et du cœur des femmes qui l'avaient vu, ou qui seulement avaient entendu prononcer son nom. C'est ainsi qu'Héloïse se le retrace elle-même longtemps après la ruine de ses illusions et de son amour.

Mais il chantait ainsi dans ses vers précoces des sentiments qu'il n'éprouvait pas encore. Ses poésies amoureuses étaient des jeux de son imagination; imitées des poëtes antiques, elles avaient l'accent du cœur, mais ce n'était pas du sien. Il vivait à l'ombre, dans l'étude, dans la piété et dans des perspectives de gloire. Ses chants n'étaient pour lui qu'un délassement : la philosophie et l'éloquence le possédaient tout entier. Sa parole assouplie par la difficulté des vers, son élocution rendue plus harmonieuse par la musique, la fécondité riche et spontanée de sa pensée, sa mémoire nourrie de fortes et universelles lectures, l'éclat, la propriété et la nouveauté des images dans lesquelles il sculptait ses idées pour les rendre palpables à ses auditeurs, faisaient de ce jeune homme assis au pied des chaires célèbres de l'Université de Paris le maître des maîtres, et l'orateur le plus écouté et le plus populaire des écoles. Or, les écoles de cette époque du monde, c'était le *forum* du genre humain, c'était ce que l'enseignement, la science, la religion, l'opinion, la presse, la tribune, furent depuis. La parole à peine retrouvée régnait sur le monde; une seule autorité la dominait, c'était l'Église. Mais l'éloquence, la philosophie et la foi, toutes également renfermées dans le sanctuaire, ne s'exerçaient que sur les mêmes textes. On ne luttait, dans des disputes inintelligibles aujourd'hui, que pour faire triompher à l'envi la révélation par les arguments de la raison profane, et pour appeler Platon et les philosophes en témoignage du Christ et des apôtres. On sent à quelles subtilités de dialectique ces controverses devaient aiguiser l'esprit.

Mais ces controverses sont quelquefois des exercices qui fortifient pour d'autres vues de la Provi-

dence la raison humaine, et qui donnent au monde
de grands talents et de grandes renommées.

III

Le jeune homme suivit le courant de son siècle.
Il monta à la tribune de son temps, les chaires des
écoles publiques, autour desquelles le peuple tout
entier se pressait alors d'autant plus qu'il sortait
d'une plus profonde ignorance, et qu'il attendait on
ne sait quelle lumière commençant à poindre? Abélard, d'abord humble et docile disciple, s'éleva peu
à peu sur les applaudissements de ses auditeurs
jusqu'au niveau des oracles de l'école, puis jusqu'à
lutter d'arguties et d'éloquence contre eux. Enfin
il les effaça tous, fonda une école de philosophie à
Melun, entraîna à sa suite la jeunesse fanatisée par
son génie, consterna par sa popularité croissante
ses rivaux qui professaient dans le vide à Paris, se
consuma lui-même du feu qu'il allumait dans l'imagination publique, excita l'envie de tous les lettrés
de l'Université et de l'Église, se retira deux ans
dans la solitude de sa terre natale pour retremper
ses forces, et reparut plus fort, plus célèbre et plus
dominateur à Paris. Il assit son camp, dit-il,
c'est-à-dire son école, sur la montagne alors presque solitaire où s'élève aujourd'hui le temple de
Sainte-Geneviève.

Ce fut le *mont Aventin* d'un peuple de disciples quittant les écoles anciennes pour venir écouter la parole jeune et hardie d'Abélard. Chacun de ces disciples payait un prix modique au philosophe : c'était l'humble salaire d'un peuple altéré de vérités. Ce salaire, multiplié par le nombre incalculable des auditeurs, élevait la fortune d'Abélard aussi haut que sa renommée. Il était dans la fleur de ses années, de sa gloire, de sa vertu même ; car jusque-là il n'avait eu d'autre passion que sa passion pour la vérité et pour la foi. L'orgueil si naturel à celui que les hommes écoutent, et la volupté si séduisante à celui que les femmes admirent, l'exaltèrent et l'amollirent à la fois. Un double piége l'attendait au moment où il touchait à sa maturité, à son génie et à sa gloire.

Il avait alors trente-huit ans. Il régnait par l'éloquence sur l'esprit de la jeunesse, par la beauté sur le regard des femmes, par ses poésies amoureuses sur les cœurs, par ses mélodies musicales chantées dans toutes les bouches. Qu'on se figure dans un seul homme le premier orateur, le premier philosophe, le premier poëte, le premier musicien de son temps, Antinoüs, Cicéron, Pétrarque, Schubert, dans une même célébrité vivante et jeune, on aura une idée de la popularité d'Abélard à cette période de sa vie.

IV

Or, il y avait alors à Paris un chanoine riche et puissant de la cathédrale, nommé Fulbert, qui vivait dans le quartier savant de la Cité. Fulbert avait chez lui une nièce (quelques-uns disent une fille), aimée par lui d'un amour paternel. Cette nièce, âgée de dix-huit ans, plus jeune, par conséquent, de vingt ans qu'Abélard, était célèbre déjà dans Paris par sa beauté et par un génie précoce. Son oncle, le chanoine Fulbert, avait mis en elle toutes ces complaisances dangereuses de vieillards qui, en ornant de tous les dons de l'intelligence et de l'art une nature d'élite, ne s'aperçoivent pas qu'ils préparent une victoire plus belle à la séduction, à l'amour, au malheur. Cette nièce se nommait Héloïse.

Les médaillons et la statue qui la retracent d'après les traditions contemporaines, et les moules pris après la mort dans son sépulcre, la représentent comme une jeune fille d'une taille élevée et d'une rare perfection de formes. Une tête d'un ovale légèrement déprimé par la contention de la pensée vers les tempes, un front élevé et plane, où l'intelligence se jouait sans obstacles, comme un rayon dont aucun angle n'arrête la lumière sur un marbre; des yeux largement encadrés dans leur

arcade, et dont le globe devait réfléchir la couleur
du ciel; un nez petit et légèrement relevé vers les
narines, tel que la sculpture le modelait, d'après
la nature, dans les statues des femmes immorta-
lisées par les célébrités du cœur; une bouche où
respiraient largement, entre des dents éclatantes,
les sourires de l'esprit et la tendresse de l'âme; un
menton rapproché de la bouche et légèrement creusé
au milieu, comme par le doigt de la réflexion souvent posé sur ses lèvres; un cou long et flexible,
qui portait la tête comme le lotus porte la fleur, en
ondoyant avec la vague; des épaules arrondies et
inclinées d'une seule ligne avec les bras; des doigts
effilés, des courbes flexibles, des articulations min-
ces, des pieds de déesse sur son piédestal; voilà la
statue : qu'on juge de la femme! Qu'on restitue la
vie, la carnation, le regard, l'attitude, la jeunesse,
la langueur, la flamme, la pâleur, la rougeur, la
pensée, le sentiment, l'accent, le sourire, les larmes, au squelette de cette autre Inès, on reverra
Héloïse! Ses traits, disent les historiens du temps
et Abélard lui-même, étaient encore moins frap-
pants sur les yeux par la beauté que par la grâce;
la grâce, cette physionomie du cœur, qui attire,
qui invite, qui force à aimer, parce qu'elle aime :
beauté suprême, bien supérieure à la beauté qui
ne force qu'à admirer.

Mais laissons parler ici Abélard.

« Sa renommée, dit Abélard, s'était répandue
dans toute la France. Tout ce qui peut séduire l'imagination des hommes vint s'offrir à moi. Héloïse
devint l'amour de mes rêves, et je crus que je pourrais parvenir à m'en faire aimer ; car j'étais alors
si célèbre, et ma jeunesse et ma beauté ajoutaient
tant de prestige à ma gloire, que je ne pouvais être
repoussé par aucune femme que j'illustrerais de
mon amour. Je m'enivrai d'autant plus de cette
espérance qu'Héloïse était elle-même versée dans
l'étude des lettres, des sciences et des arts, qu'une
correspondance poétique existait déjà entre nous,
et que j'osais lui écrire avec une liberté moins timide que je n'aurais osé lui parler. Je me laissai
tout entier enflammer par cette passion ; je cher-
chai tous les moyens d'établir entre nous des rela-
tions de familiarité et des occasions d'entretien. »

Rien n'était plus facile à Abélard. L'oncle et la
nièce conspiraient, à son insu, avec lui : la nièce,
par ses attraits ; l'oncle, par son orgueil. La familiarité d'un homme si illustre était une gloire pour
une maison. Abélard fit insinuer par des amis com-
muns à Fulbert que, le soin de ses affaires domestiques étant pour lui une importune diversion aux
études et aux lettres, sa passion dominante, il voulait se décharger de ces embarras de l'esprit et de-
mander une hospitalité de famille dans une maison
honorée et studieuse, où il vivrait en fils dans la

demeure d'un père. Fulbert, pénétré de joie et de
vanité à ces ouvertures, fit offrir son foyer à Abélard. Il y trouvait, dit-il, le double avantage d'il-
lustrer son nom par la cohabitation avec le premier
homme du siècle, et d'achever sans frais l'éducation littéraire de sa nièce, qui, rapprochée ainsi
d'Abélard, l'oracle du temps, puiserait toute vertu
et toute science à sa source. On peut croire aussi,
et tout l'atteste dans les complaisances et dans les
fureurs futures de Fulbert, que l'oncle; enthou-
siaste d'Abélard, et rêvant pour sa nièce un époux,
le seul, selon lui, digne d'elle, se prêtait, dans un
intérêt tout paternel, à un rapprochement dont
pouvait naître l'inclination et l'union de ces jeunes
cœurs.

Quoi qu'il en soit, Abélard habita dans la maison
de Fulbert. Cette familiarité domestique, favorisée
par l'oncle de cette belle disciple, leur offrit, à l'un
et à l'autre, les occasions, et on pourrait dire la
nécessité de s'aimer. Bien loin de s'opposer à la
douce intimité du maître et de l'écolière, Fulbert
conjura Abélard de donner à sa nièce tous les se-
crets et toutes les perfections de sa science poétique, oratoire, théologique, afin d'achever en elle
ce prodige d'intelligence que la nature avait commencé, et que la France s'étonnait d'admirer dans
une femme. Il lui remit toute son autorité paternelle sur sa nièce, et, selon la rude discipline

du temps, il l'autorisa même à la frapper, si elle manquait d'obéissance ou d'aptitude à retenir ses leçons; en un mot, il fit d'Héloïse une sorte d'esclave intellectuelle, et d'Abélard un maître absolu.

Héloïse n'était que trop disposée à avoir, non-seulement un maître, mais un dieu, dans le plus beau et dans le plus renommé des hommes de son siècle. Ses progrès dans tous les arts répondirent aux désirs de son oncle. Elle ne travaillait plus pour le monde, mais pour Abélard; toute sa gloire était de lui plaire. La nature, l'amour et le génie s'entendaient pour faire de cette jeune fille la merveille de son temps.

Abélard s'enivrait de son courage. Ces deux âmes, tentées par tant d'intimités, ne pouvaient manquer de tomber dans le piége que l'imprévoyance ou la complicité leur avait ouvert sous de si spécieux prétextes et sous de si douces complaisances : le monde extérieur s'anéantit pour eux, ils s'aimèrent. Abélard, qui n'avait plus d'autre pensée qu'Héloïse, chanta son amour en des poésies où les vers et la musique, trempés au même feu, répandirent le nom d'Héloïse comme un secret céleste divulgué à la terre, que tout le monde se confia en répétant ces chants divins, et qui finit par arriver à l'oreille de Fulbert lui-même.

Mais Fulbert affecta de ne pas entendre ou de

ne pas croire cette profanation de son foyer domestique. Il répondait qu'Abélard était, par son
génie et par sa piété, trop au-dessus du reste des
mortels pour descendre, même aux séductions de
l'amour, du ciel de la science et de la gloire, que
son intelligence habitait avec les anges ; peut-être
aussi attendait-il de jour en jour qu'Abélard,
vaincu par l'attrait toujours croissant, lui deman-
dât la main de son écolière, qu'il était heureux de
lui accorder.

Cependant Abélard, combattu entre sa passion
pour Héloïse et sa passion pour la renommée, hé-
sitait misérablement à se prononcer. Il craignait,
en s'avouant dompté par une beauté terrestre, de
déchoir, aux yeux du monde, de cette réputation
de pureté et d'impassibilité platonique qu'une philosophie éthérée avait faite à sa jeunesse. Il craignait sans doute aussi de renoncer, par le mariage,
à cette perspective de dignités, d'honneurs et de
fortune que l'Église, à laquelle il était déjà lié par
quelques noviciats, ouvrait devant lui. Ses disciples
ne reconnaissaient plus en lui le même homme.
L'amour faisait, dans son cœur, une douloureuse
diversion à son génie. Ses amis gémissaient tout
haut de sa décadence ; la langueur de sa passion
avait passé dans son éloquence : tout le feu de son
âme s'évaporait dans ses soupirs ; il n'en restait
que les cendres pour ses leçons. Il se sentait si

peu semblable à lui-même, qu'il avait renoncé à improviser des discours où il ne trouvait plus sur ses lèvres que l'image et le nom d'Héloïse. Il était réduit à apprendre de mémoire les leçons qu'il avait professées autrefois, et à se répéter, de peur de décliner dans l'estime publique. Ses rivaux et ses ennemis triomphaient. On le montrait au doigt, comme un débris de lui-même; on le citait comme un scandale de la faiblesse humaine; on le foulait aux pieds comme un dieu tombé de son piédestal. Héloïse s'affligeait plus encore que lui de cette dégradation que celui qu'elle adorait pour lui-même. Elle le suppliait, à genoux, de la sacrifier à sa gloire; de se laisser adorer par elle comme une divinité qui reçoit le cœur et l'encens des mortels, sans avoir d'autre communauté avec ses adorateurs que l'adoration qu'on lui offre; de ne plus l'aimer, si cet amour devait coûter un rayon à sa réputation; ou, si l'amour désintéressé d'Héloïse était devenu un besoin et une consolation pour lui, de la reléguer au rang de ces femmes méprisées du monde, dont ni la religion ni les lois ne consacrent les sentiments, esclaves du cœur qu'on n'affranchit jamais par le nom d'épouses! Le mépris de l'univers souffert pour Abélard était, disait-elle, la seule gloire à laquelle il lui fût donné d'aspirer. Sa honte, à ce prix, ferait son orgueil.

V

Abélard, après de déplorables hésitations, ne put se décider ni à accepter un tel suicide d'Héloïse, ni à déclarer son amour devant le monde. Il continua d'habiter la maison de Fulbert. Lâche à la fois envers l'amour et lâche envers la vertu, il flotta entre deux faiblesses : il n'eut ni le courage de sa passion, ni celui de sa gloire. Ici, comme toujours, le cœur de la femme fut viril, le cœur de l'homme fut féminin. Son amour cependant se nourrissait de ces angoisses.

Fulbert, justement irrité d'un silence qui pouvait ressembler à du mépris et qui rendait son hospitalité suspecte, ferma sa maison à Abélard. Cette séparation déchira le cœur d'Héloïse, humilia celui d'Abélard. Le maître et l'écolière ne purent se déshabituer de cette vie où les regards, les entretiens, les études, les chants, les contemplations à deux, leur avaient fait une seule âme. Ils se revirent en secret. Fulbert s'offensa de ce mystère. Abélard enleva Héloïse, et la conduisit respectueusement à Nantes, dans sa maison paternelle, où il la confia, comme son épouse à la tendresse de sa propre sœur. Revenu immédiatement après à Paris, il alla se jeter aux pieds de Fulbert, implora son pardon, et obtint par son

repentir la main de sa nièce. Héloïse, pardonnée
et rendue à la fois à son oncle et à son amant,
devint secrètement l'épouse d'Abélard. « Après une
nuit passée en prières dans une église de Paris,
dit-il, nous reçûmes le matin la bénédiction nup-
tiale, en présence de l'oncle d'Héloïse, de quelques-uns de ses amis et de quelques-uns des
miens. Ensuite nous nous retirâmes sans bruit,
chacun de notre côté pour que cette union, con-
nue seulement de Dieu et de quelques familiers,
ne portât point honte ou préjudice à ma renommée. »

VI

Les deux époux, heureux à l'insu du monde, af-
fectèrent dès lors de se montrer rarement ensemble, et d'éteindre toutes les rumeurs qui avaient
couru sur leur amour. Le monde y fut un moment
trompé, et Abélard jouit de nouveau à la fois des
délices de son amour et du retour de sa gloire.

Mais les domestiques de Fulbert, confidents né-
cessaires de ces fréquentations secrètes, ébruitèrent
le mariage. Les envieux d'Abélard triomphèrent de
sa faiblesse, et l'accusèrent d'avoir sacrifié la philosophie, l'éloquence, la gloire, à une nouvelle
Dalila. Son orgueil en souffrit; il osa nier ses liens,
comme s'ils eussent été une honte. La généreuse
Héloïse elle-même, préférant à son propre hon-

neur la réputation de son amant, répandit et fit
répandre qu'elle n'était unie à Abélard que par le
culte de l'admiration et de l'amour, entachant ainsi
sa propre vertu pour relever le lustre de celle
d'Abélard.

Ces bruits offensants pour Fulbert le portèrent à
des reproches mérités contre sa nièce, dont le pieux
mensonge déshonorait ainsi son sang. Abélard,
craignant pour elle les ressentiments de son oncle,
l'arracha de nouveau à la tutelle de Fulbert, et la
conduisit à Argenteuil, village voisin de Paris, dans
un monastère de femmes. Ces monastères, semblables aux autels antiques, donnaient un droit d'asile
inviolable aux vierges ou aux épouses qui en fran-
chissaient le seuil; il lui fit prendre le voile blanc
de novice, sans toutefois lui faire prononcer encore
des vœux irrévocables. Il se voua lui-même à l'état
monastique et au sacerdoce; et, une fois investi de
ce caractère sacré, il revêtit de ses propres mains
Héloïse de l'habit des servantes du Christ, lui coupa
les cheveux et la donna à Dieu, n'ayant ni le courage de la revendiquer pour épouse, ni le courage
de la laisser dans le siècle, auquel il renonçait pour
jamais. Héloïse, heureuse d'immoler sa vie à celui
auquel elle avait déjà immolé sa renommée, se
prêta à tout comme une victime qui se couche
d'elle-même sur l'autel des sacrifices. Tout lui était
doux, même le supplice qu'elle subissait par la

volonté et pour l'amour, ou plutôt pour l'orgueil de son époux.

Les portes du monastère d'Argenteuil se refermèrent sur la Sapho du XI° siècle. Beauté, génie, amour, tout fut enseveli dans ces catacombes, sans qu'on entendît, pendant *quinze ans*, les plus belles années de la victime, un reproche, un regret ou un soupir sortir de ce sépulcre !

VII

Abélard, libre et purifié aux yeux de ses disciples, reprit avec une ardeur et un éclat nouveaux le cours de ses leçons et l'empire de sa popularité. Mais l'indignation de Fulbert couvait une vengeance. Trois fois trompé dans sa tendresse pour sa nièce, par la séduction, par la perfidie et par la lâcheté d'Abélard, il se voyait arracher par la même main la présence de sa pupille chérie, la gloire de sa maison, son honneur et sa félicité. Il n'avait cultivé avec tant de soin cette merveille de son sexe que pour la voir dédaigner par l'époux même auquel il l'avait enfin cédée, entachée comme une concubine, répudiée, méprisée dans sa tendresse, enfermée enfin comme une repentie dans un monastère ; retranchée, jeune et brillante du nombre des vivants pour écarter une fausse honte du front d'un ingrat suborneur, et condamnée à s'abreuver

de larmes pendant qu'il s'emparerait des applaudissements du siècle !... On ne justifie pas la vengeance d'un père ainsi offensé ; on l'explique : il
avait tout pardonné pour qu'Héloïse fût la glo-
rieuse épouse du plus beau génie de son temps, et,
avant d'être reconnue épouse, elle était répudiée !
Le désespoir alluma la haine, et la haine médita
le crime.

Les portes de la maison d'Abélard s'ouvrirent
une nuit par la complicité achetée de ses serviteurs. Des bourreaux, guidés et soldés par Fulbert, le surprirent pendant son sommeil ; ils l'ac-
cablèrent d'outrages, et le laissèrent baigné dans
son sang et dégradé par son châtiment. L'humi-
liation et le remords, pires que le supplice, firent
détester à Abélard la vie que ses ennemis lui avaient
laissée comme un supplice de plus. La lumière du
jour lui devint odieuse. Le désespoir qu'il éprouva
de cet outrage impuni égala la vaine gloire dont il
avait été altéré jusqu'à l'ingratitude et jusqu'au
lâche sacrifice d'Héloïse ; il ne chercha plus qu'à
disparaître de ce monde qu'il avait rempli de sa
renommée et qu'il remplissait maintenant de sa
honte.

« Je me rappelais douloureusement, écrit-il, de
combien d'éclat je brillais encore la veille de ce
jour, et par quelle prompte ignominie cette gloire
était éteinte ! Je voyais par quel juste châtiment de

« causte de ton amante, l'expiation des malheurs
« que j'ai attirés par mon amour sur toi!... »

« En prononçant ces vers entrecoupés de ses
sanglots, Héloïse se précipita à l'autel comme on se
précipite à l'abîme ; elle y saisit le voile funèbre
bénit par l'évêque, et se consacra pour toujours,
devant le peuple assemblé, au Dieu qui reçut son
serment! »

VIII

Tel est le récit du sacrifice d'Héloïse par Abélard
lui-même. L'ombre du monastère la couvrit ensuite
pendant de longues années ; flamme recouverte,
jamais éteinte. Abélard porta dans le monastère
de Saint-Denis son inquiétude, ses talents, vivifiés
encore par la concentration sur l'étude, son ambi-
tion qui n'avait fait que changer de nature, et ce
zèle intolérant des réformes, par lequel les nouveaux prosélytes croient racheter trop souvent leurs
égarements. Les moines relâchés de Saint-Denis,
et l'abbé qui tolérait et partageait leurs désordres,
s'irritèrent de ses admonitions ; il fut obligé d'aller
porter ses sévérités et ses innovations dans un
couvent voisin, dépendant de l'abbaye de Saint-
Denis, à Deuil. Il y releva sa chaire de philosophie
et remplit de nouveau les écoles et l'Église du
bruit de ses doctrines et de ses nouveautés en ma-
tière de foi.

vière ombragée de chênes et bordée de roseaux, nommée l'Arduze, je me construisis de mes propres mains un petit oratoire, bâti de branchages et couvert de chaume. J'étais seul, et je pouvais chanter avec le prophète : *J'ai fui; je me suis éloigné, et j'ai habité dans la solitude!* »

Mais il ne fut pas seul longtemps. L'esprit de dispute et de nouveauté soufflait alors dans le monde avec une telle force, que ceux qui possédaient la parole de vie entraînaient à leur suite des peuples entiers de disciples et d'auditeurs. La jeunesse avait une telle soif de vérité dans ce siècle, que la controverse seule lui paraissait un pas vers le grand mystère, et que du choc des doctrines contre les doctrines elle espérait toujours voir jaillir l'éclair qui ne jaillissait jamais.

« Lorsque l'on connut ma retraite, écrit-il, mes disciples accoururent de toutes parts, des villes et des châteaux, pour se construire d'humbles cellules dans mon désert. On les vit abandonner les couches molles de duvet pour les lits en feuilles; les tables somptueuses pour de grossiers herbages; c'est ainsi, comme le dit saint Jérôme, que les philosophes de l'antiquité fuyaient les cités, les jardins, les riches campagnes et les doux ombrages, les concerts des oiseaux, la fraîcheur des fontaines, les ruisseaux murmurants, qui pouvaient charmer les yeux et les oreilles, séduire les sens

et amollir la vertu ; c'est ainsi que les fils des pro-
phètes vivaient en solitaires dans des cabanes sur
les bords du Jourdain, se nourrissant de farine
d'orge et de racines, loin des villes et des passions
humaines.... Mes disciples se construisaient des
cellules sur les bords de l'Arduze, plus semblables
à des ermites qu'à des écoliers. Mais plus leur
nombre augmentait, plus leur vie était studieuse
et sainte ; en sorte que mes ennemis voyaient leur
honte se multiplier avec ma gloire. Cependant c'é-
tait l'indigence qui m'avait forcé à rouvrir mon
école. Je ne pouvais me livrer aux rudes travaux
de la terre, je ne voulais pas m'avilir à mendier
mon pain. Mes disciples cultivaient les champs,
bâtissaient les cellules. Bientôt elles ne purent suf-
fire à les contenir. Ils élevèrent un vaste édifice
commun en charpente et en pierres. J'appelai ce
monastère du nom du *Dieu consolateur*, le *Paraclet.* »

IX

Mais les ennemis d'Abélard lui envièrent même
le désert. Ils virent ou feignirent de voir dans le
nom de l'*Esprit consolateur*, auquel Abélard avait
dédié son monastère, une sorte d'invocation phi-
losophique à une seule personne de la Trinité, à
l'exclusion des deux autres. Saint Bernard le dési-
gna à la vindicte de l'Église. Il fut obligé de déser-

ter le désert lui-même, et d'aller chercher à l'extrémité des côtes de la mer de Bretagne, parmi
les écueils et les grèves de l'Océan, un asile plus
inaccessible à l'envie et à la persécution. C'était
l'abbaye de Saint-Gildas, dans le diocèse de Van-
nes. Les moines qui l'habitaient, dégénérés de la
sainteté monastique des premiers âges, en avaient
fait un repaire de toutes les barbaries et de tous
les vices. L'âpreté des lieux était surpassée par
celle des hommes. C'était un promontoire sans
cesse battu par les vagues d'une mer gémissante.
Des montagnes d'écume assiégeaient jour et nuit
des rocs retentissants, une côte creusée en voûte
et en cavernes par l'éternel assaut des lames qui
s'y engouffraient comme dans des abîmes, et qui
en ressortaient par d'autres bouches, comme des
lames jaillissant du volcan. Des falaises à pic enle-
vaient à l'abbaye la vue de la terre : on eût dit un
navire en perdition éternelle sur un rivage inaccessible aux nautoniers.

« La vie de ces moines, dit Abélard, leur supérieur, était débordée et indomptable. Les portes
de l'abbaye n'étaient ornées que de pieds de biche,
d'ours, de sanglier, trophées sanglants de leur
chasse. Les moines ne se réveillaient qu'au son du
cor et des chiens de meute aboyant. Ils étaient
cruels et sans frein dans leur licence. En guerre
avec les seigneurs voisins, ils étaient tour à tour

opprimés ou oppresseurs. » Ils riaient de l'indignation que leurs mœurs excitaient dans Abélard.
Bientôt leur haine contre celui qui prétendait les
réformer se porta jusqu'au crime. Insulté, menacé,
attaqué dans les forêts, empoisonné, dit-il, jusque
dans le calice du sacrifice, la fuite le déroba avec
peine à la sédition des moines. Les seigneurs de
ces contrées l'arrachèrent au fer des assassins. Il
s'abrita dans un site plus désert encore des domaines de son abbaye, criant au Seigneur du fond
de ses calamités comme le Prophète.

X

Cependant quinze ans s'étaient écoulés dans ces
ambitions de savoir, de gloire, de sainteté, et
dans ces tribulations de la vie, pour Abélard, sans
qu'il eût donné un seul signe de souvenir à celle
dont il avait enseveli le cœur encore jeune et vivant à Argenteuil. Héloïse ne se plaignait ni de
cette dureté ni de ce silence; elle respectait comme
une vertu de plus cette négligence et ce mépris de
son époux, croyant que la terre, et le ciel, et son
propre cœur n'étaient bons qu'à être sacrifiés à
ce plus grand et à ce plus adoré des hommes.
Abélard était demeuré intact dans son adoration
sur l'autel qu'elle lui avait élevé dans son âme.
Tous ses soupirs allaient à Dieu pour lui; mais

elle les renfermait entre Dieu et elle, de peur qu'un de ses souvenirs ou un de ses regrets ne scandalisât le monde ou ne troublât la contemplation sublime de son époux. Les portes du monastère d'Argenteuil n'ébruitaient rien de cet immense amour qui survivait derrière leurs murs.

Une persécution les brisa. Suger, abbé de Saint-Denis, prétendit que le monastère d'Argenteuil appartenait à son ordre, et il chassa impitoyablement les religieuses, comme un troupeau sans bercail et sans pasteur. Le cri de leur détresse arriva jusqu'à Abélard. Soit que ses propres malheurs eussent attendri son âme, soit que la mémoire des félicités de la jeunesse, qui se ranime au soir de la vie comme une voix sourde quand le bruit tombe, soit que la comparaison entre le dévouement de cette femme immolée, les ingratitudes du monde et le néant de la gloire rallumassent en lui les saintes reconnaissances d'un amour mal éteint, Abélard accourut de son désert au secours d'Héloïse errante et persécutée.

Il la conduisit au Paraclet avec ses compagnes, lui fit don de ce monastère dont elle devint l'abbesse, et la visita souvent pour assister de sa présence et de sa fortune l'indigence de celle à qui il avait ouvert cet asile. Agé alors de plus de cinquante-huit ans, revêtu du costume sacerdotal, devenu père spirituel, d'époux charnel qu'il avait été,

le monde respecta cette union de deux âmes tendres qui n'avaient de commun dans le passé que
des gémissements, dans le présent que des saintetés,
dans l'avenir que le ciel.

Mais ses ennemis ne le respectèrent pas : ils se-
mèrent d'odieuses calomnies sur la pureté de ce
commerce tout mystique entre Abélard et son an-
cienne épouse. Il se retira de nouveau, pour les
faire tomber, dans son désert de Bretagne. Il pré-
féra exposer sa vie de nouveau au poignard et au
poison que d'exposer la vertu d'Héloïse aux langues acérées de ses calomniateurs. Il écrivit alors
les mémoires de sa vie, dont nous venons de donner les principaux traits dans ce récit. Ce livre,
confié à l'amitié, parvint à Héloïse. Il fit éclater,
par les souvenirs qu'il retraçait, le cœur d'Héloïse,
quinze ans muet. Un commerce de lettres, tendres
d'un côté, froides de l'autre, s'ouvrit entre les
deux époux séparés par la main de Dieu et des
hommes. La Sapho du christianisme y épanche
dans une inexprimable passion cette flamme d'un
amour purifié par le sacrifice, et que rien ne peut
éteindre sur la terre, parce qu'il ne s'alimente que
du feu du ciel.

L'adresse seule de ces lettres d'Héloïse est un
hymne de tendresse infinie, parce que cette suscription trahit l'hésitation passionnée d'une main
de femme qui cherche, qui trouve et qui rejette

tour à tour tous les noms capables d'exprimer les
plus forts attachements de l'âme, sans pouvoir en
trouver un qui la satisfasse, et qui finit par les ac-
cumuler tous ensemble, afin qu'il n'y ait pas dans
la nature une sorte de tendresse qui ne soit con-
fondue dans la sienne :

« A SON SEIGNEUR, OU PLUTÔT A SON PÈRE, SON ES-
CLAVE, OU PLUTÔT SA FILLE, SON ÉPOUSE, OU PLUTÔT SA
SOEUR ; A ABÉLARD, HÉLOÏSE ! »

« Quelqu'un, dit-elle dans la première de ses
lettres, aussitôt après avoir lu le récit de leurs
amours par Abélard, quelqu'un m'a apporté na-
guère, par hasard, l'histoire que vous venez de con-
fier à un ami. Aussitôt que j'eus reconnu, aux premiers mots de la suscription, qu'elle venait de
vous, j'ai commencé à la lire avec d'autant plus de
précipitation , que j'adore davantage celui qui l'a
écrite ! Celui-là que j'ai perdu, je croyais le retrou-
ver, comme si son image avait dû se reproduire et
s'incarner dans les signes de sa main ; elles sont
bien tristes et bien amères, ô mon unique trésor,
les lignes de ce récit qui retrace notre conversion
et nos inépuisables malheurs.

« Je doute que personne puisse la lire ou l'entendre sans fondre en pleurs. »

Puis, faisant allusion à son exil nouveau et aux
persécutions dont il est entouré à Saint-Gildas :

« Au nom du Christ même qui semble encore nous
protéger, dit-elle, nous qui sommes ses petites
esclaves, comme nous sommes les vôtres, nous
vous conjurons de nous informer par de fréquentes
lettres des naufrages au milieu desquels vous êtes
encore ballotté, afin que nous, qui vous restons
seules au monde, nous puissions participer à votre
douleur ou à votre consolation. Ordinairement
c'est consoler un affligé que de s'affliger avec lui ;
ces lettres nous seront d'autant plus douces, qu'elles
nous seront témoins que vous vous souvenez de
nous !

« Oh ! que les lettres des amis absents sont déli-
cieuses à recevoir ! Si les portraits des amis séparés
par la distance ravivent leur mémoire et trompent
le regret par une vaine et décevante consolation,
combien plus ces lettres, qui sont eux-mêmes, qui
portent les véritables empreintes de l'ami absent !...
Grâce soit rendue à Dieu de ce qu'au moins la
haine ne nous défend pas d'être ainsi l'un à l'autre
présents. »

Elle l'interpelle ensuite, par les soins qu'il doit,
comme père, à ses religieuses, de leur prodiguer
sans cesse ses lettres, ses avis, ses ordres ; mais on
voit qu'elle se sert à son insu de ce prétexte sacré
pour prendre elle-même la part principale et dé-
licieuse de ce commerce. « Pensez, sans parler des
autres, pensez, écrit-elle, à l'immense dette que

vous avez contractée aussi envers moi. Peut-être
alors , ajoute-t-elle avec une joie mal dérobée
d'être la première et la dernière dans sa vie, peut-
être alors ce que vous devez à toutes ces saintes
femmes ensemble, l'acquitterez-vous plus facile-
ment à une seule, à une seule qui ne vit que pour
vous!... Et pourquoi, poursuit-elle avec un tendre
et jaloux reproche sur tant d'années d'oubli ou de
silence, pourquoi, lorsque mon âme est inondée
de tant d'angoisses, pourquoi n'avez-vous pas tenté
au moins de me consoler, absente par vos lettres,
présente par vos paroles?... C'était là un devoir
qui vous obligeait d'autant plus envers moi, que
nous sommes unis par le sacrement du mariage ;
et vous êtes d'autant plus coupable à mon égard,
que toujours, comme tout l'univers en a été témoin, je vous ai aimé d'un amour immense et
impérissable!...

« Vous savez, ô ma seule tendresse! vous savez
combien en vous perdant j'ai perdu! Plus grande
est ma douleur, plus pieuse doit être la consolation. Ce n'est point d'un autre, c'est de vous seul
que je l'attends. Vous y êtes obligé, car vous êtes
le seul qui puissiez m'attrister, qui puissiez me
réjouir et qui puissiez me consoler! N'ai-je pas
fait aveuglément toutes vos volontés? Ne me suis-
je pas perdue moi-même pour vous obéir? J'ai
fait plus encore, incroyable sacrifice! mon amour

bouches. Ainsi mon nom retentit dans beaucoup de pays, et l'envie de beaucoup de femmes à cause de vous s'alluma contre moi!... Et quelles perfections d'esprit et de corps n'ornaient pas en effet votre adolescence?...

« Je vous ai fait du mal, et pourtant, vous le savez, j'étais innocente !... Dites-moi seulement pourquoi, depuis que je me suis faite captive dans le cloître par votre volonté, vous m'avez punie en me négligeant, en m'oubliant, en me privant de votre présence et même de vos lettres.... Dites-le, si vous l'osez! Ah! je le sais, moi, et le monde le soupçonne : c'est que votre amour n'était pas aussi pur, aussi désintéressé que le mien ; dès que vous avez cessé de désirer un bonheur profane, vous avez cessé d'aimer.

« .... Ah! faites, je vous en supplie, ce que je demande : c'est si peu, et si facile à vous ? Parlez-moi au moins de loin par ces paroles qui me rendent l'illusion de votre présence. J'avais cru tout mériter de vous, quand, si jeune, j'embrassais pour vous complaire les austérités du cloître ; quelle récompense ai-je attendue de Dieu, pour l'amour de qui j'ai bien moins fait ce que j'ai fait que pour l'amour de vous?... Quand vous avez marché vers Dieu, j'ai suivi !... Comme si vous vous souveniez de la femme de Loth qui regarda derrière elle, vous avez cru devoir me lier par l'habit et les vœux

monastiques, quànd vous-même vous quittiez le
siècle!... Ah! que c'était bien mal me connaî-
tre!... J'en ai profondément gémi, j'en ai rougi!
M'en chasser, moi; moi qui, pour vous obéir,
n'aurais pas hésité alors à vous suivre jusque dans
les enfers! car mon cœur n'était pas avec moi,
mais avec vous... Faites donc qu'il soit bien avec
vous, je vous en conjure, et il sera bien avec vous
si vous l'exaucez, si vous lui rendez tendresse pour
tendresse...

« Jadis on pouvait douter de la pureté des motifs
qui m'attachent à vous; mais la fin ne montre-
t-elle pas quelle fut la nature de mon amour dès le
commencement? Je me suis sevrée de toute félicité
mondaine, je ne me suis réservée des jouissances
terrestres qu'une seule, le droit de me regarder
comme toujours à vous.

« Ah! par ce Dieu à qui vous vous êtes consacré, je vous adjure de me rendre votre présence
autant qu'il vous est permis, c'est-à-dire en m'écri-
vant quelques lettres de consolation, afin que,
fortifiée par cette lecture, je m'élève avec plus
d'ardeur au service de Dieu!... Lorsque autrefois
vous aspiriez à des délices profanes, vous me visitiez
par de fréquentes épîtres qui apprenaient le nom
d'Héloïse à toutes les lèvres; toutes les places, toutes les maisons retentissaient de ce nom. Eh quoi!
pour m'élever aujourd'hui à Dieu, ne pouviez-vous

faire ce que vous faisiez jadis pour me solliciter à des tendresses terrestres ? Ah ! pensez-y !... Je finis cette longue lettre par ce seul mot : Mon unique et mon tout, adieu ! »

XI

Abélard rompt enfin un silence de tant d'années, ému par ces accents. « O ma sœur, dit-il à son épouse, vous qui me fûtes si chère dans le siècle, vous qui m'êtes plus chère mille fois en Jésus-Christ, je vous envoie la prière que vous me demandez avec tant d'instance. Offrez à Dieu avec vos compagnes un holocauste d'invocation pour expier nos graves et innombrables fautes, pour conjurer les périls qui m'enveloppent à toute heure du jour ! » Puis il disserte longuement, mais froidement, avec elle sur l'efficacité de la prière collective des communautés de femmes. Ensuite il revient aux dangers qui l'atteignent, il semble oublier les afflictions d'Héloïse pour ne penser qu'aux siennes, comme si elle était assez heureuse de souffrir pour lui.

Cependant, à la fin de la lettre, l'amour semble se trahir dans un dernier vœu qui ajourne à la mort une réunion si vainement désirée pendant la vie ! « O ma sœur, s'écrie-t-il, si Dieu me livre aux mains de mes ennemis, s'ils me donnent la mort,

ou si par quelque événement ordinaire je m'ache-
mine vers le terme commun à tous les hommes,
faites, je vous l'ordonne, transporter mon corps
inhumé ou abandonné ailleurs, dans votre cimetière, afin que vous, mes filles, que dis-je? mes
sœurs en Jésus-Christ, ayant sans cesse mon tombeau sous les yeux, vous soyez plus sollicitées par
ce sépulcre à répandre pour moi des prières devant Dieu! Car, pour une âme affligée par tant de
revers et repentante de tant de faiblesses, je ne
pense pas qu'il y ait ici-bas un séjour plus sûr et
plus salutaire que celui qui est consacré à l'*Esprit
consolateur*, et qui mérite si bien ce nom…. Ce sont
des femmes qui, soigneuses de l'ensevelissement du
Christ, l'embaumèrent de parfums et veillèrent autour du sépulcre. Aussi furent-elles les premières
consolées. »

A l'exception de ce retour involontaire d'amour
après la tombe, les lettres d'Abélard sont sèches de
larmes, froides de cœur, dures souvent de paroles.
On sent l'homme plein de lui-même; Héloïse n'est
pleine que de lui.

*A mon unique après Jésus-Christ, à mon unique
en Jésus-Christ*, écrit-elle. « Ah! c'est à vous qu'il
appartient de célébrer nos obsèques, à vous
d'envoyer à Dieu celles que vous avez rassem-
blées en sa présence! Non, jamais Dieu ne per-
mettra que nous vous survivions; mais, si vous

mouriez avant nous, nous songerions à vous
suivre plutôt qu'à vous ensevelir, puisque, desti-
nées aussitôt nous-mêmes à la tombe, nous n'au-
rions pas la force de préparer la vôtre!... Si je
vous perds, que me restera-t-il à espérer? Comment demeurer dans ce pèlerinage de la vie, où
je ne suis retenue que par la pensée que vous
l'habitez encore? O la plus malheureuse de toutes
les malheureuses! Élevée par vous au-dessus de
toutes les femmes, n'ai-je donc obtenu cette gloire
que pour être précipitée de plus de félicité dans
plus de désastres? Nous vivions chastement, vous
à Paris, moi à Argenteuil; nous nous étions ainsi
séparés pour nous consacrer plus saintement,
vous à vos études, moi à la prière parmi de saintes
vierges. C'est pendant cette vie si pure que le
crime vous a frappé. Ah! que ne nous frappa-
t-il ensemble! Nous avions été deux pour les torts;
vous fûtes seul pour l'expiation : et le moins coupable a porté la peine! Ce que vous avez souffert un
moment dans votre supplice, il est juste que je le
souffre toute ma vie!

« S'il faut vous avouer la faiblesse de mon âme
misérable, je n'y trouve pas le repentir! Mon bonheur fut si doux que je ne puis ni en avoir l'hor-
reur, ni l'arracher à ma mémoire! Dans mon sommeil, au milieu même des cérémonies où la
prière doit être la plus pure, les lieux, les temps,

les félicités de nos années heureuses se représentent à moi! Ils m'appellent sainte, ceux qui ne
me savent pas gémissante; ils me louent devant
les hommes, mais je ne mérite pas ces louanges
devant Dieu, qui sonde les cœurs!... Dans toutes
les circonstances de ma vie, vous le savez, j'ai
plus craint de vous offenser que d'offenser Dieu
lui-même.... Ah! n'ayez pas une opinion trop
haute de moi, et ne cessez pas de me secourir de
vos prières. »

Au milieu d'une dissertation diffuse sur le Can-
tique des cantiques, Abélard trouve quelques notes
pénétrantes dans sa réponse : « Pourquoi me re-
prochez-vous, dit-il à Héloïse, de vous avoir fait
participer à mes angoisses, quand c'est vous-
même qui m'y avez contraint par vos supplica-
tions? Est-ce dans les misères de mon existence
actuelle que vous auriez le cœur d'être heureuse?
Vouliez-vous donc être la compagne de ma félicité, et non de mes peines? Souffririez-vous, par
ces souvenirs criminels, que j'aille au ciel sans
vous, vous qui m'auriez suivi, disiez-vous alors,
jusqu'aux enfers? »

Puis il repasse devant Dieu et devant sa com-
plice, toutes ses iniquités passées, et ordonne à
Héloïse de rendre grâce à Dieu des peines qui
l'ont frappé et changé : « Vous nous avez unis,
Seigneur, et vous nous avez séparés, dit-il en finis-

sant ; ceux que vous avez séparés une fois pour un
moment dans le monde, réunissez-les à jamais
dans le ciel! »

On retrouve enfin l'époux dans le saint.

XII

La persécution le ramena au Paraclet. D'odieuses
insinuations de ses ennemis l'en chassèrent de
nouveau. « Comment ! s'écria-t-il dans son désespoir, toute occasion de faute étant enlevée par le
malheur, par les années, par la sainteté de la
profession monacale, le soupçon peut-il survivre?
Ah! combien je souffre plus aujourd'hui de mes
calomniateurs que je n'ai souffert jadis de mes
bourreaux! »

Mais ses ennemis s'attachaient plus encore à le
poursuivre dans sa gloire que dans son amour.
Ses écrits, qui se multipliaient, et qui fanatisaient
Rome elle-même, parce qu'ils laissaient transper-
cer une première aube de liberté de discussion,
étaient suspects d'hérésies involontaires. Saint Bernard, le censeur, le réformateur et le vengeur de
l'Église en France, s'éleva avec véhémence contre
lui. Cité au concile de Sens pour répondre de ses
maximes, Abélard se tut : saint Bernard dénonça
jusqu'à ce silence.

« Cet homme, écrivit-il, se vante de pouvoir con-

firmer par la raison ce qui est mystère. Il monte
jusqu'au ciel, et il descend jusqu'aux abîmes ; il
est grand devant ses propres yeux. C'est un scru-
tateur de la majesté divine, un fabricateur d'erreurs ! Un de ses livres a été déjà examiné par le
feu. Maudit soit celui qui relève des ruines ! La
nécessité veut que vous apportiez un prompt re-
mède à la contagion : car cet homme entraîne
la multitude sur ses pas. On prêche un nouvel
évangile aux peuples ; on propose aux nations
une foi nouvelle : tout est perversité ! L'extérieur de la piété est dans leur sobriété et dans
leurs vêtements. Ils se transfigurent en anges
de lumière, tandis qu'ils sont des *Satans !* Ce
Goliath (c'est ainsi qu'il appelle Abélard) veut
soutenir contre moi ses dogmes pervers : je refuse,
parce que je suis un enfant dans la parole, et qu'il
est un grand et terrible combattant.... Mais vous,
successeur des apôtres, vous jugerez s'il doit trouver un refuge sur le siége de saint Pierre ! Consi-
dérez ce que vous vous devez à vous-même !
Pourquoi avez-vous été élevé au trône, si ce n'est
pour arracher et pour planter ? Et si Dieu a fait
surgir en votre temps des schismatiques, n'est-ce
pas pour que les schismatiques fussent écrasés ?
Voyez les renards qui arrachent la vigne du Seigneur, si vous les laissez croître et multiplier !
Tout ce que vous n'aurez pas détruit fera le déses-

poir de vos successeurs. Si vous ne les détruisez pas, nous les détruirons nous-mêmes !... »

Ainsi parlait ce tribun tout-puissant de l'Église de France. Pourtant on lui érige des statues à huit siècles de distance.

Une si impérieuse sommation, appuyée de la popularité de saint Bernard, ne pouvait manquer d'être obéie à Rome, bien que le pape, doux et indulgent, répugnât à frapper dans Abélard un maître dont il connaissait la sincérité de la foi et dont il admirait le génie. Abélard fut condamné à la réclusion perpétuelle dans un monastère cloîtré. Cette condamnation, lente à être promulguée officiellement en France, mais pressentie d'Abélard, l'arracha pour la dernière fois à la paix du Paraclet et aux larmes d'Héloïse. Il dit un éternel adieu à cette solitude qu'il avait peuplée d'abord de disciples enthousiastes, puis de vierges pieuses, et qui avait recueilli si souvent les débris de sa vie. Il s'achemina seul et à pied vers les Alpes pour aller implorer la justice et l'asile du pape contre son persécuteur. Il passa par Cluny, abbaye alors souveraine, qui donnait hospitalité aux papes, aux rois, aux pèlerins, aux mendiants sur la route de Paris à Rome.

XIII

Ce monastère, de l'ordre de Saint-Benoît, avait
été fondé par Guillaume, duc d'Aquitaine, possesseur d'un vaste territoire dans la province du Mâ-
connais. Guillaume, selon la coutume des princes
ou seigneurs de ce temps, avait voulu acheter
l'éternité au prix d'une concession de terres faites
à des cénobites dont les prières s'élèveraient à per-
pétuité au ciel pour son âme. Les cénobites qu'il
avait chargés de chercher le lieu le plus propre à
l'emplacement du monastère avaient parcouru les
montagnes et les vallons de ses domaines ; ils
avaient arrêté leur choix sur un défilé étroit et
profond, dans une vallée intérieure qui court derrière la chaîne des montagnes de la Saône, entre
Dijon et Mâcon. « Lieu écarté, disent-ils, de toute
société humaine, si plein de solitude, de repos et
de paix, qu'il semble, en quelque sorte, une image
de la solitude céleste. » Ces cénobites avaient en
effet l'instinct de la nature appropriée à l'isolement
et au recueillement de leurs âmes. A cette époque,
où des forêts séculaires couvraient les montagnes,
rétrécissaient les horizons, dérobaient le ciel ; où
les eaux des torrents, débordées dans les prairies,
formaient des lacs, des étangs, des marécages bor-
dés de roseaux ; où nulle autre route que des

sentiers creusés par le pied des mules ne débouchait dans ce bassin d'eau courante et de feuillage ; où quelques rares chaumières de chasseurs, de pêcheurs, de bûcherons, fumaient de loin en loin sur la cime des bois, la gorge de Cluny était une Thébaïde des Gaules.

« C'est là, dirent les cénobites au duc d'Aquitaine, que nous élèverons le monastère. — Non, dit le duc : c'est une vallée trop ombragée d'épaisses forêts et pleine de bêtes fauves, où les chasseurs et les chiens troubleraient, par leurs cris et par leurs aboiements, votre silence. — Eh bien ! chassez les chiens et appelez les moines, » répondirent les cénobites.

Guillaume avait chassé les chiens et appelé les moines. En peu de siècles, grâce à l'immensité et à la fertilité du territoire, au pieux communisme qui jetait la fortune des mourants dans les monastères, et à l'habile gouvernement de l'ordre par des abbés, véritables hommes d'État de ces communautés, le désert de Cluny avait vu s'élever au-dessus de ses forêts une forêt de flèches de cloîtres, de dômes, de voûtes, de tours, de crénaux gothiques, d'arceaux byzantins, ornements et défense d'une basilique égale en étendue aux plus vastes basiliques de Rome.

La rivière qui submergeait jadis la vallée, encaissée dans des lits de pierre, ou dérivée dans des

étangs peuplés de poissons, fertilisait de vastes
prairies, blanchissantes de troupeaux. Une ville
s'était adossée à l'abbaye, pour être protégée par
les moines. Des papes étaient sortis des cellules de
l'abbaye pour aller gouverner le monde chrétien.
Des rois étaient venus visiter, doter, privilégier ce
sanctuaire. Des conciles s'y étaient rassemblés. Ses
abbés étaient devenus des puissances. Les pèlerins
de toutes les parties du monde assiégeaient ses
portes et y recevaient l'hospitalité.

Un homme consommé en science, en poésie, en
gloire et en vertu, Pierre *le Vénérable*, gouvernait
en ce moment le monastère. Contraste vivant de
saint Bernard, l'abbé de Cluny personnifiait en lui
la charité du religieux, dont saint Bernard personnifiait le prosélytisme et la terreur. Pierre le Vénérable, élu, jeune encore, au gouvernement de son
ordre par l'éclat de ses talents et par la séduction
de son caractère, poëte, philosophe, écrivain, né-
gociateur, homme d'État dans la piété et homme
de piété dans la politique, était un autre Abélard,
mais un Abélard sans ses orgueils et sans ses
faiblesses. Il portait sur ses traits l'empreinte en
relief de son âme. Grand, mince de taille, grave
de démarche, beau de visage, doux de regard, recueilli d'expression, gracieux d'accueil, silencieux
d'habitude, il était persuasif quand il parlait. Placé
pour ainsi dire, par l'élévation de ses idées, à égale

distance du ciel et de la terre, et, de là, également
attentif aux choses d'en haut et aux choses d'ici-
bas, il représentait la sainteté chrétienne, attirait
le monde à elle par l'attrait de sa mansuétude, au
lieu de l'épouvanter de ses rigueurs et de ses in-
vectives. Le parfum de ses vertus était si pénétrant
et si durable, que le souvenir, après huit siècles,
s'en est encore conservé du père au fils, parmi le
peuple de la ville et de la vallée de Cluny, et que le
hasard ayant fait découvrir, il y a quelques années,
une tombe que l'on croit la sienne, les femmes et
les enfants se disputèrent sa poussière, par une
tradition d'amour dans le pays.

Il avait eu des querelles avec saint Bernard, qui
objurguait tout ce qu'il ne pouvait dominer; il
aimait Abélard pour sa poésie, pour son éloquence,
surtout pour ses malheurs. Héloïse était à ses yeux
la merveille des siècles et du sanctuaire. Il était allé
visiter le Paraclet, plein de la renommée, de la
piété et des larmes de cette veuve d'un époux vivant.
Il avait rapporté de son entretien de l'édification,
de l'enthousiasme et de la piété; il entretenait avec
elle un commerce de lettres.

Tel était l'homme à qui Abélard fugitif allait de-
mander l'asile d'une nuit.

Il arriva, brisé de tristesse, de lassitude et de
maladie, aux portes du monastère. Il voulut se jeter
par humilité aux pieds de Pierre le Vénérable, qui

le reçut dans ses bras et qui lui ouvrit sa maison
et son cœur. Abélard, attendri par un accueil dont
les persécutions de saint Bernard l'avaient déshabi-
tué, lui raconta ses nouvelles vicissitudes, ses tribulations, sa condamnation au cloître éternel, et sa
résolution de se rendre à pied à Rome, pour aller
se jeter sous la justice et sous la miséricorde du
souverain pontife, autrefois son ami. L'abbé de
Cluny s'apitoya sur les disgrâces d'Abélard ; il l'en-
couragea dans sa confiance au pape. Mais, s'inquié-
tant des forces de son hôte, que la fièvre et les dou-
leurs consumaient ; craignant que cette gloire de la
France ne s'éteignît misérablement, mendiant son
pain sur quelque sentier de neige, en traversant les
Alpes, ou qu'il ne tombât captif dans les mains de
ses ennemis au delà des monts, il le retint sous de
pieux prétextes à Cluny.

Pendant ce repos de son hôte dans l'abbaye, Pierre
le Vénérable écrivit secrètement au pape une lettre
pleine du zèle le plus tendre et le plus insinuant
pour son ami : « L'illustre Abélard, bien connu
de Votre Sainteté, disait l'abbé dans cette lettre
au pape, a passé ces jours-ci par Cluny, venant
de France. Je lui ai demandé où il allait. « Je suis
« déplorablement poursuivi, m'a-t-il répondu, des
« persécutions de certains hommes qui m'infligent
« le nom d'hérétique, que je repousse et que
« je déteste. J'ai appelé de leur sentence à la jus-

« tice du chef suprême de l'Église, et c'est dans son
« sein que je vais chercher un refuge contre mes
« persécuteurs. »

« J'ai loué le projet d'Abélard, et je l'ai fortement
encouragé à recourir en vous, l'assurant d'avance
que la justice pas plus que la bonté ne failliraient
auprès du saint-siége à un tel suppliant, puisqu'elles
ne faillissent pas même au plus humble des pèlerins
ou des étrangers. J'ajoutais qu'au besoin il trouve-
rait même indulgence pour des erreurs involontaires. Pendant qu'il se reposait à l'abbaye, l'abbé
de Clairvaux y vînt. Nous nous entretînmes ensemble charitablement de réconcilier Abélard, mon
hôte, avec cet abbé Bernard qui l'a réduit à la nécessité d'en appeler à vous. Je n'ai rien épargné
pour ce raccommodement; j'ai conseillé à mon
hôte de retrancher de ses écrits, par le conseil de
Bernard lui-même et d'autres hommes prudents,
tout ce qui pourrait offenser les scrupules de la
foi. Abélard y a consenti. La réconciliation a eu
lieu de ce moment, par mon conseil, mais plus
encore par une inspiration de la Providence. Abélard, notre hôte, a dit adieu pour jamais aux agita-
tions des études et des écoles; il a choisi Cluny
pour son dernier et perpétuel asile...., Je vous supplie donc, moi le plus humble et le plus dévoué de
vos serviteurs, le monastère tout entier de Cluny
vous supplie, Abélard vous supplie lui-même, par

lui, par nous, par les messagers qui vous portent
ces lettres, par ces lettres elles-mêmes, nous vous
supplions tous de lui permettre de passer à Cluny
les derniers jours qui restent à sa vie et à sa vieil-
lesse; et bien peu de jours, hélas! lui restent à
vivre. Nous vous conjurons tous de ne pas permettre que les persécutions de *qui que ce soit* l'in-
quiètent ou le chassent de cette maison, sous le
toit de laquelle, comme le passereau qui cherche
un nid, il se réjouit tant d'avoir trouvé un asile,
semblable à la tourterelle qui se réjouit tant d'avoir
trouvé où se poser!... Ne refusez pas votre sauve-
garde à un homme que vous avez autrefois tant
aimé!... »

Une si touchante invocation de l'amitié, et la mémoire toujours vivante de l'enthousiasme qu'il avait
eu jadis pour l'orateur et le poëte de sa jeunesse,
ne pouvaient manquer de toucher le pape. Il
accorda à Pierre le Vénérable la grâce et la pro-
tection qu'il implorait pour Abélard. Abélard,
dans cette solitude, eut pour supérieur et pour
geôlier le plus tendre et le plus miséricordieux des
amis.

Héloïse, rassurée sur le sort de son époux, veilla
de loin, par ses lettres et par ses prières, sur l'âme
et sur la santé d'Abélard. Les derniers jours de cet
homme, qui avait allumé et perdu la passion du
monde, mais qui avait su conserver la passion

d'une femme et la tendresse d'un ami, s'écoulè-
rent dans les entretiens poétiques et pieux de Pierre
le Vénérable, dans l'étude des choses éternelles,
dans le mépris des vanités qui n'avaient pas
payé le prix d'un cœur, et dans l'espoir de la
réunion bienheureuse qu'Héloïse lui assignait au
ciel.

On montre encore, à l'extrémité d'une allée dé-
serte, au pied des murs d'enceinte flanqués de
tours de l'abbaye, au bord des longues prairies
bordées de bois, au murmure de la rivière, au sif-
flement des brises dans les joncs d'un étang tari, un
tilleul immense, contemporain des flèches monastiques, à l'ombre duquel Abélard venait s'asseoir
et rêver, le visage tourné du côté du Paraclet. Les
religieux, fiers d'avoir prêté l'hospitalité de leur
cloître à cette gloire du XIe siècle, s'étaient trans-
mis cette tradition. Depuis, la révolution française,
qui a tant emporté, a respecté ce tilleul et une
ou deux flèches de la basilique; les derniers religieux ont raconté cette légende aux habitants de
la ville, qui la redisent aux visiteurs. Moi-même je
possède sous un tilleul de trois siècles, dans mon
jardin de Saint-Point, le banc de pierre grise,
sonore comme une cloche, sur lequel Abélard,
d'après la tradition, s'asseyait près du tilleul de
Cluny. J'y ai transporté aussi une large table de la
même pierre, sur laquelle il reposait sa tête, médi-

tant ses hymnes ou repassant ses malheurs et ses amours.

Son âme, consumée du feu de la passion et du feu du génie, découragée de bonheur par l'infortune, et de gloire par la persécution, ne lui promettait pas de longs jours. Il s'éteignit dans les bras de son ami, deux ans et quelques mois après avoir échoué sur ce seuil hospitalier de Cluny.

L'amitié de Pierre le Vénérable ne se crut pas acquittée envers son ami après l'avoir enseveli; il entra, par sa charité vraiment divine, dans la pieuse complicité d'un amour que tant de sang, de repentir et de larmes avait consacré à ses yeux; il comprit que son ami au ciel et Héloïse sur la terre lui demandaient la dernière consolation d'un rapprochement, au moins dans le sépulcre. Il ne se crut point coupable de condescendre, du haut de sa sainteté, à cette faiblesse ou à cette illusion de l'amour qui, n'ayant pu confondre deux vies, veut au moins confondre deux poussières. Mais, craignant l'ombre même du scandale, il couvrit de mystère le pieux larcin qu'il alla faire lui-même au cimetière de Saint-Marcel, oratoire dépendant de son abbaye, dans lequel Abélard était inhumé. Il ne confia à personne le soin d'accompagner les restes de son ami et de les remettre à Héloïse; aucune autre main n'était digne de toucher à ce dépôt, que la main d'un saint et celle d'une épouse. Il se leva pendant les ténèbres, exhuma le cercueil d'Abélard et le transporta au Paraclet; il écrivit en vers lapidaires l'épitaphe de son ami : « Platon de notre âge, dit-il dans ces vers, égal ou supérieur à tout ce qui vécut, souverain de la pensée, reconnu par tout l'univers génie varié et universel, il dépassait l'humanité par la force de l'idée et par la force de l'éloquence. Son nom fut Abélard! »

Il se chargea d'être le père d'un fils qu'Héloïse et Abélard avaient eu de leur union avant leur malheur et leur consécration aux cloîtres.

XIV

Héloïse, après avoir reçu avec larmes le cercueil de son époux, l'ensevelit dans le cimetière du Paraclet, dans le caveau où elle se garda sa place conjugale au lit de mort. Pierre le Vénérable célébra lui-même les obsèques, et repartit après avoir remis les restes de son ami à la garde d'un immortel amour.

Ce culte en commun pour la même mémoire resserra les liens d'admiration et de reconnaissance qui unissaient l'abbé de Cluny à la veuve du Paraclet. Héloïse, que le souci du bonheur éternel de son amant passionnait autant que l'avait fait le souci de ses malheurs terrestres, voulut tenir de Pierre le

Vénérable lui-même l'attestation écrite de la pureté et de la béatitude de l'âme d'Abélard. « Je vous conjure, écrit-elle après le retour de Pierre à Cluny ; je vous conjure de m'envoyer des lettres ouvertes, empreintes de votre sceau, et contenant l'absolution de mon seigneur, afin que ces preuves de félicité soient suspendues à son tombeau !... Souvenez-vous aussi, ajoute-t-elle, de regarder comme votre fils le fils d'Abélard et d'Héloïse. »

Pierre le Vénérable condescendit à ce dernier scrupule de l'amour ; il envoya au Paraclet les lettres d'absolution demandées. Il retraça de lui-même à Héloïse, dans une lettre empreinte de sa charité évangélique, toutes les circonstances de la fin et de la mort d'Abélard qui pouvaient consoler, en la sanctifiant, la douleur d'un éternel veuvage.

« Ce n'est pas d'aujourd'hui que je commence à vous aimer, ô ma sœur, écrit-il ; car je me souviens que depuis longtemps je vous aime. Je n'avais pas encore passé les années de l'adolescence, je n'étais pas encore un jeune homme, que déjà avait retenti jusqu'à moi, non pas encore la renommée de votre sainteté, mais celle de votre génie. On racontait partout alors qu'une femme, dans la fleur de ses années et de sa beauté, se distinguait, contre l'habitude de son sexe, par la poésie, l'éloquence et la philosophie ; ni les plaisirs ni les

séductions du siècle ne pouvaient l'emporter dans
son cœur sur sa passion pour les choses intellec-
tuelles et pour le beau dans tous les arts. On s'é-
tonnait, tandis que le monde croupit dans une vile
et oisive ignorance, et que l'intelligence studieuse
ne sait où poser son pied, je ne dis pas seulement
au milieu des femmes, mais parmi les assemblées
des hommes, on s'étonnait de ce qu'Héloïse seule
se montrait supérieure à toutes les femmes et à
tous les hommes de son temps. Bientôt (pour parler comme l'Apôtre) celui qui vous fit sortir du sein
de votre mère vous attira toute à lui par sa grâce ;
vous changeâtes l'étude des sciences périssables
contre la science de l'éternité : au lieu de Platon,
le Christ ; au lieu de l'Académie d'Athènes, le cloître !... Plût à Dieu que Cluny eût pu te posséder !
Plût à Dieu que tu fusses enfermée dans notre douce
captivité de Marcigny, avec les esclaves féminines
du Seigneur, qui aspirent à la liberté céleste !
Mais, puisque la Providence ne nous a pas fait cette
grâce, elle nous a du moins accordé cette faveur
en celui qui a été à toi! en celui qu'il faut souvent et
toujours honorer avec gloire, le philosophe du
Christ, cet Abélard que la volonté divine a envoyé
dans ses dernières années à Cluny.

« Il n'est pas facile de dire en quelques lignes, ô
ma sœur, la sainteté, l'humilité, l'abnégation qu'il
nous a montrées, et dont le monastère entier a

porté témoignage. Si je ne me trompe, je ne me
souviens pas d'avoir jamais vu de vie et d'extérieur
plus humbles.... Je lui avais donné un rang émi-
nent parmi tous mes frères ; mais il voulait paraître le dernier de tous par la simplicité de son costume.... Il en était de même de ses aliments et de
tout ce qui touchait aux délices des sens : et je ne
parle pas ici des choses de luxe; il se refusait tout,
excepté ce qui est indispensable à la vie. Sa con-
duite et ses paroles étaient irréprochables, en lui
comme pour les autres....

« Il lisait continuellement, priait souvent, ne
parlait jamais, si ce n'est quand des entretiens littéraires ou des discours sur les choses saintes l'o-
bligeaient à rompre le silence.... Que te dirai-je de
plus? Son esprit, sa langue, son étude, méditait,
enseignait, proclamait les choses littéraires, philo-
sophiques, divines.... Ainsi simple, droit, considé-
rant les jugements de Dieu, fuyant tout mal, il con-
sacrait à Dieu les derniers jours de sa grande vie....

« Pour lui donner quelque délassement et pour
fortifier sa faiblesse de santé, je l'avais envoyé à
Saint-Marcel, près Châlons. J'avais choisi à des-
sein cette contrée, la plus riante de la Bourgogne,
et un couvent rapproché de la ville, dont il n'est
séparé que par le cours de la Saône. Là, autant
que ses forces le lui permettaient, il avait repris les
études chéries de sa jeunesse; et, comme on le

raconte aussi de Grégoire le Grand, il ne laissait passer aucun moment sans prier, lire, écrire ou dicter.

« Dans ces saints exercices, la mort, ce visiteur divin, vint le visiter. Elle ne le surprit point endormi comme tant d'autres, mais préparé et debout; elle le trouva éveillé, et le convia aux célestes noces. Il emporta avec lui sa lampe pleine d'huile, c'est-à-dire sa conscience remplie du témoignage d'une sainte vie. La maladie le saisit, s'aggrava, et le consuma bientôt jusqu'à l'anéantissement de vie. Il comprit bien qu'il allait payer son tribut à la mortalité des choses terrestres, alors, avec quelle piété, quelle ardeur, quelle aspiration ne fit-il pas l'aveu de ses iniquités! avec quelle ferveur ne reçut-il pas le gage de la vie éternelle! avec quelle confiance ne recommanda-t-il pas lui-même son corps et son âme au Christ!... Tous les religieux de Saint-Marcel peuvent le raconter.... Ainsi est mort Abélard!... Ainsi celui qui était illustre par toute la terre pour les merveilles de sa science et de ses leçons a passé, j'en ai la ferme espérance, dans le sein de son Créateur....

« Et vous, ma sœur vénérée et chère en Dieu! vous qui lui avez été unie d'abord ici-bas par tous les liens de la chair, avant de vous lier à lui par les nœuds de l'amour divin; vous qui avez servi long-

temps le Seigneur avec lui sous sa direction, souvenez-vous à jamais de lui dans le Seigneur! Car le
Christ vous abrite tous deux dans l'asile de son cœur;
il vous réchauffe dans son sein; et lorsque son jour
viendra à la voix de l'archange, il te conserve pour
ce jour ton Abélard, et il te le rendra pour jamais!... »

C'est à l'homme qui a écrit une telle lettre que
la religion devrait une statue. Jamais la tendresse
divine ne se mêla avec plus d'indulgence à la tendresse humaine; jamais la sainteté n'eut plus de
condescendance et la vertu plus de miséricorde.
On voit avec quelle délicatesse de sentiment et d'expression il ramène, jusque dans la mort, l'image
de ces *noces éternelles*, impérissable aspiration
d'Héloïse. L'huile du Samaritain ne coulait pas
plus onctueusement sur les blessures du corps que
la parole de ce saint homme sur celle du cœur.
L'amitié d'un tel homme et l'amour d'une telle
femme suffiraient seuls pour attester qu'Abélard
mérita mieux de son siècle que ne le croit la pos-
térité.

XV

Héloïse survécut vingt ans à son époux, prêtresse
de Dieu, attachée au culte d'un sépulcre dans la solitude du Paraclet.

Quand elle sentit la mort si longtemps invoquée

s'approcher d'elle, elle demanda à ses sœurs de déposer son corps à côté de celui de son époux dans le cercueil d'Abélard. L'amour, qui les avait unis et séparés pendant leur vie par tant de prodiges de passion et de constance, parut signaler par un nouveau prodige leur sépulture. Au moment où l'on rouvrit le cercueil d'Abélard pour y coucher le corps d'Héloïse, les bras du squelette, comprimés vingt ans par le poids du chêne, se dilatèrent, dit-on, s'ouvrirent et parurent se ranimer pour entourer l'épouse rendue à l'amour céleste d'un éternel embrassement. Cette crédulité des temps, transformée en miracle d'amour, fut racontée par les historiens, chantée par les poëtes, et consacra dans l'imagination du peuple la sainteté des deux époux.

Ils reposèrent ainsi cinq cents ans dans une des nefs du Paraclet, tantôt séparés par les scrupules de l'abbesse, tantôt réunis de nouveau pour obéir au vœu conjugal qui était sorti de leur vie, de leur mort, et qui sortait encore de leur tombeau.

La révolution française, qui jeta aux vents tant de poussières profanées de rois et de princes de l'Église, respecta la poussière des deux époux En 1792, le Paraclet ayant été vendu comme propriété ecclésiastique, la ville de Nogent recueillit les tombes, et les abrita solennellement dans sa nef. En 1800, Lucien Bonaparte, zélateur des lettres et collecteur des reliques du passé, autorisa un artiste pieux, M. Lenoir, à transporter ce cercueil au musée des monuments français, à Paris.

On constata en ouvrant le plomb funéraire, disent les témoins, « que les deux corps avaient été d'une grande stature et de belles proportions. La tête d'Héloïse, répète M. Lenoir, est d'un admirable contour ; son front, d'une forme coulante, bien arrondie, en proportion avec les autres parties de la tête, exprime encore la plus parfaite beauté. Les deux statues couchées sur le tombeau ont été moulées sur ces restes recomposées par la pensée du statuaire. Quelques années plus tard, la chapelle monumentale qui encadre la tombe des deux époux devint l'ornement d'un jardin de ce musée. » La foule, qui recherche surtout les monuments du cœur, s'y pressait sans cesse. En 1815, le gouvernement des Bourbons, qui relevait pieusement tous les tombeaux pour rendre au peuple le culte du passé, voulut restituer à l'abbaye de Saint-Denis le cercueil d'Abélard et d'Héloïse, qui ne lui appartenait que comme le proscrit appartient au proscripteur. L'opinion publique protesta contre cet enfouissement dans une basilique fermée d'un monument qui appartenait au regard et au sentiment publics. On le relégua dans une nécropole de Paris, au cimetière du Père-Lachaise. Là on voit encore les statues, couchées côte à côte, d'Héloïse et d'Abélard, parsemées tous les jours de couronnes de fleurs funèbres, éternellement renouvelées, sans qu'on voie la main qui les dépose; ils semblent **avoir une** parenté éternelle et tendre **dans** toutes les générations qui se succèdent sur la terre. Ce sont les âmes aimantes séparées par la mort, par la persécution ou l'inflexibilité du monde, de ce qu'elles aiment ici-bas ou de ce qu'elles regrettent dans le ciel. Elles témoignent autant qu'elles le peuvent, par ces offrandes mystérieuses, leur admiration pour la constance et pour la pureté dans la passion; elles portent envie à cette union posthume de deux cœurs qui transposèrent la tendresse conjugale des sens à l'âme, qui spiritualisèrent la plus brûlante et la plus sensuelle des passions, et qui firent un holocauste, un martyre et presque une sainteté de l'amour.

Cette biographie est extraite du *Civilisateur*.

FIN.

Paris. — Imp. de Ch. Lahure et Cie, rues de Fleurus, 9, et de l'Ouest, 21.